Le royaume des éléphants

Les mots du texte suivis du signe * sont expliqués
sur le rabat de couverture.

www.editions.flammarion.com

© Flammarion pour le texte et l'illustration, 2011
87, quai Panhard-et-Levassor –75647 Paris Cedex 13
Dépôt légal : mars 2011 – ISBN : 978-2-0812-4644-7 – N° d'édition : L.01EJEN000538.C002
Loi n°49-956 du 16 juillet 1949 sur les publications destinées à la jeunesse

Paul Thiès

Louis Alloing

Le royaume des éléphants

Castor Poche

Plume
dans la jungle

Plume en a assez de la jungle ! Il voudrait retrouver son bateau, le *Bon Appétit*, plonger dans les vagues bleues des Caraïbes et bronzer au soleil en dégustant une tranche de requin rôti.

Hélas ! Le petit pirate est très loin de chez lui. Il traverse la jungle de l'Inde avec un gros sac sur le dos. Plume déteste la jungle ! Il y fait horriblement chaud et il y a d'affreuses bestioles dans tous les coins.

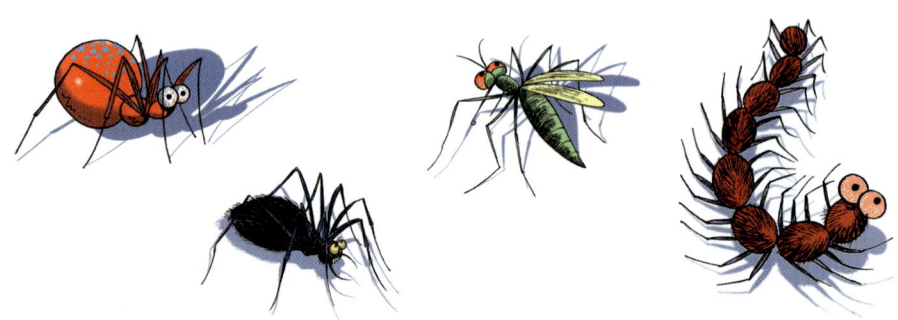

Voilà ce qui s'est passé : Grand-père Mimosa, qui est fleuriste, adore les plantes bizarres, et même les fleurs carnivores capables de grignoter un éléphant au petit déjeuner.

Seulement voilà, Grand-père Mimosa habite l'Europe où les plantes sont tout à fait normales. C'est pour ça qu'il a organisé cette expédition. Le capitaine Fourchette et Maman Marguerite, les parents de Plume, ont accepté, car les voyages forment la jeunesse.

Au début, Plume, sa petite sœur Charlotte, son copain Petit-Crochet, et sa copine Perle, la fille du roi cannibale, étaient ravis. Ils n'étaient jamais allés en Asie ! Ils se voyaient déjà en train de manger des côtelettes de tigre à tous les repas. Ils n'avaient pas prévu que le voyage serait si fatigant.

Les deux perroquets Noix de Coco et Tarte aux Pommes les ont accompagnés. Malheureusement, Flic-Flac, le dauphin apprivoisé de Petit-Crochet, n'a pas pu venir. Le voyage aurait été trop compliqué pour lui.

Du coup, Petit-Crochet se sent mélancolique*. Charlotte, son amoureuse, le console en lui cueillant des bananes.

Soudain Petit-Crochet pousse un grand cri.

– Alerte ! Catastrophe ! Les filles ont disparu !

Plume se retourne et pousse lui aussi un cri d'horreur. Perle et Charlotte se sont mystérieusement évaporées…

Plume déteste la jungle d'Asie, il la déteste encore plus quand Perle et Charlotte disparaissent soudain.

Alerte aux éléphants !

Plume, Petit-Crochet et le grand-père, s'arrêtent sous un gigantesque banian*. Les perroquets ont beau se percher au sommet de l'arbre, la Forêt vierge est cachée par des milliers d'autres.

Que s'est-il passé ?

– Elles ont disparu ! se lamente Plume.

– C'est affreux ! ajoute Petit-Crochet. Elles sont peut-être déjà dans le ventre d'un tigre.

– Mais non, mais non, répond Grand-père Mimosa. Je suis sûr qu'elles cueillent des fleurs dans une jolie clairière, pas loin d'ici. Il n'y a sûrement pas de tigre par ici...

Plume lui lance un regard furieux. Le vieux jardinier ne s'intéresse qu'à ses fleurs ! Autour de lui, les gros arbres ressemblent à des monstres bossus, leurs racines à d'énormes serpents, et leurs feuilles verdâtres à des masques humides.

D'ailleurs, de vrais serpents glissent dans les hautes herbes, s'enroulent autour des troncs, pendent des branches, pareils à des lianes vivantes, menaçantes… Et en plus…

Plume s'agenouille pour examiner des traces plutôt inquiétantes. On dirait que c'est un gros, un énorme chat qui a laissé ces empreintes.

Le jeune pirate ramasse une épaisse touffe de poils noirs et jaunes restée accrochée à un buisson de ronces.

– Pas de doute, murmure-t-il, c'est un tigre… Il est passé il n'y a pas longtemps.

– Oh ! là, là ! gémit Petit-Crochet, qui est soudain très pâle. Tu crois qu'elles vont bien ?

– Je ne sais pas, répond Plume. Je crois que…

Le petit pirate n'a pas le temps de terminer sa phrase. Des bruits sinistres retentissent derrière un bouquet de fougères géantes. Les oiseaux s'enfuient. De vilains singes brunâtres, qui cherchaient des bananes au sommet des arbres, se dispersent en hurlant. Noix de Coco et Tarte aux Pommes s'envolent à tire-d'aile.

Un cri rauque traverse la jungle et un grand animal noir et jaune bondit par-dessus les enfants puis disparaît dans la jungle. Le tigre ! Il était à l'affût, prêt à croquer Plume et Petit-Crochet, mais il a peur, lui aussi ! Ça alors ! Les enfants l'ont échappé belle !

– Qu'est-ce qui peut effrayer un animal aussi dangereux ? murmure Petit-Crochet.

– Attention ! crie Plume. Derrière toi !

Petit-Crochet n'a pas le temps de se retourner ! Une espèce de gros serpent grisâtre s'enroule autour de sa taille et l'entraîne dans les airs. Petit-Crochet vient d'être emporté par un éléphant !

Plume et ses perroquets s'élancent dans la jungle à la poursuite de l'éléphant. Le garçon est désespéré ! Ses amis ont disparu les uns après les autres : d'abord Perle et Charlotte, et maintenant Petit-Crochet.

Plume entend Grand-père Mimosa, qui ne peut pas courir aussi vite, crier derrière lui :

– Attends ! Attends !

Plume et Petit-Crochet se lancent à la recherche des filles mais Petit-Crochet est à son tour enlevé par un éléphant !

Toumaï, le cornac

Mais Plume est affolé. Il n'écoute pas ! Le petit pirate fonce à toute allure, évite les lianes gluantes et les épines pointues ! Il ne perd pas le pachyderme* des yeux.

Il voit quelqu'un sur son dos ! C'est un garçon très brun, très mince, vêtu d'un pagne orange et coiffé d'un turban.

L'animal s'arrête enfin. Plume le rejoint. Il se retrouve dans un endroit extraordinaire : une vaste clairière remplie de centaines de squelettes. Des squelettes d'éléphants ! Des os lourds comme des massues ou longs comme des lances, des défenses étincelantes, des crânes plus gros que Plume...

Le petit pirate comprend soudain qu'il s'agit du fameux Cimetière des Éléphants ! Son papa, le capitaine Fourchette, lui en a souvent parlé.

Les éléphants choisissent un endroit secret, au cœur de la jungle, pour y

mourir tranquillement, loin des hom-
mes et des autres animaux.

Plume saute de joie ! Les défenses d'ivoire* valent très cher, Plume vient de trouver dix trésors à la fois ! Noix de Coco et Tarte aux Pommes s'exclament :
– Des os ! Des gros, des beaux, des os !

Le garçon qui conduisait l'éléphant saute à terre sans s'occuper du pauvre Petit-Crochet, qui reste suspendu à la trompe comme une banane à son bananier.

Tarte aux Pommes et Noix de Coco volent gentiment autour de lui pour le consoler.

Le jeune Indien repère Plume. Il fronce les sourcils et s'avance vers lui.

– Qui es-tu ? demande l'inconnu.

– Plume le pirate, répond fièrement le jeune voyageur, et toi, tu es un voleur ! Rends-moi mon copain !

Il réfléchit une seconde et ajoute :
– Et ma sœur ! Et mon amie aussi !
C'est sûrement toi qui les as enlevées !
– Voleurrr ! Voleurrrr ! répètent les deux
perroquets en battant des ailes.
– Je ne suis pas un voleur ! réplique le
garçon. Je m'appelle Petit-Toumaï,
mais un jour, on m'appellera Toumaï-
des-Éléphants et tous les enfants
cornacs me jalouseront.

– Toumaï-des-Éléphants ? interroge Plume interloqué. Et pourquoi ? Et c'est quoi un carnoc ?

– Un CORNAC ! C'est un conducteur d'éléphants, précise le garçon avec orgueil. Un jour, je serai le plus grand cornac de l'Inde, car j'ai vu danser les éléphants.

– Oh ! Quand ça ? demande Plume.

– Les éléphants se rassemblent et ils dansent ensemble si fort qu'ils écrasent les plantes et que le sol durcit sous leurs pattes, explique Toumaï. C'est Kala Nag qui m'a conduit, dit-il en montrant le grand éléphant. Il m'a amené ici parce qu'il a confiance en moi.

Kala Nag agite ses grandes oreilles, comme s'il comprenait. Il pousse un barrissement terrible.

Il secoue toujours Petit-Crochet au bout de sa trompe. Le pauvre est plutôt verdâtre. Il voyage les pieds en l'air et la tête en bas depuis un bon moment ! Au même instant, les voix des filles appellent :

– Au secours ! Au secours !

Charlotte et Perle sont ligotées aux défenses d'un squelette géant. Perle gronde furieusement :

– À mon prochain repas, je mangerai une côtelette d'éléphant !

– Moi aussi ! Avec des tranches de trompe en salade ! ajoute Charlotte.

– Silence ! s'écrie Toumaï. Vous êtes tous mes prisonniers ! Vous ne quitterez jamais cet endroit !

Plume retrouve ses amis au Cimetière des Éléphants. Ils ont été enlevés par Toumaï le cornac et son éléphant Kala Nag.

Prisonniers du Cimetière

– Tu veux nous garder prisonniers ? demande Plume en écarquillant les yeux. Mais pourquoi ?

– Le Cimetière des Éléphants est un lieu secret, répond Toumaï.

– Mais toi, tu es là, réplique Plume.

– J'ai vu danser les éléphants, alors j'ai le droit d'être ici. Mais si je vous laisse repartir, vous raconterez à tout le monde qu'il y a des tonnes d'ivoire cachées au cœur de la Forêt vierge. Des pirates viendront ici, des chasseurs, des aventuriers. Ils envahiront tous le Cimetière des Éléphants. Ils tueront même les éléphants vivants pour leur prendre leurs défenses. Ça ne doit pas arriver !

Plume, Perle, Charlotte et Petit-Crochet se regardent pensivement. Toumaï n'a pas tort. Seulement…

– Mais nous ne pouvons pas rester ici, proteste Plume. J'ai un papa, une maman, et des tas de frères et sœurs qui m'attendent. Je veux revoir l'Océan, et mon beau bateau. C'est ça ma vie !
– Non ! Vous resterez ici ! Il le faut ! réplique Toumaï en serrant les poings.

Plume ne répond pas. Il est très ennuyé. Ni Petit-Crochet ni Perle ni Charlotte ne peuvent l'aider. Toumaï est aussi fort que lui, sans parler de Kala Nag. Quant à Grand-père Mimosa, il est loin, perdu dans la jungle. Que faire ?

Plume se creuse la cervelle pour trouver une solution lorsqu'il se rend compte que les perroquets sont partis.

Plume est étonné. Les perroquets ont l'habitude des aventures. Ils ne l'auraient pas abandonné comme ça, en pleine jungle. Encore un mystère !

Mais soudain, Tarte aux Pommes et Noix de Coco reviennent ! Ils survolent le Cimetière en claquant du bec… et ils laissent tomber de leurs serres de drôles de boules rouges.

Toumaï pousse un cri de surprise, Kala Nag agite sa trompe en l'air pour chasser les oiseaux. Il utilise Petit-Crochet comme un gros chasse-mouche ! Le jeune pirate est de plus en plus vert !

Une fumée rougeâtre s'échappe des boules qui se sont brisées sur le sol. Plume a brusquement sommeil. Il bâille à s'en décrocher la mâchoire. Toumaï et

Kala Nag aussi. L'éléphant bâille même si fort qu'il laisse tomber Petit-Crochet qui s'étale dans les fougères. Il dort à poings fermés ! Perle et Charlotte, toujours ligotées, ronflent aussi fort que la Belle-au-Bois-Dormant. Kala Nag s'effondre enfin ! Les arbres tremblent quand il touche le sol ! Plume cligne des yeux. Il tombe à genoux, puis se couche et s'endort à son tour…

Pour protéger son secret, Toumaï veut garder les enfants prisonniers, mais c'est sans compter sur les perroquets !

Chapitre 5

Les rois
de la jungle

Quand Plume reprend connaissance, sa chère Perle lui tient la main et l'évente avec une feuille de bananier.
– Ça va, Plume ? lui demande-t-elle avec angoisse.

– Que s'est-il passé ? bredouille Plume en se frottant les yeux. Qui t'a libérée ?

– Ton grand-père ! Il a vaincu Kala Nag ! s'ecrie Perle. Il est formidable !

Plume n'y comprend rien, mais Grand-père Mimosa lui explique tout.

– J'ai suivi tes traces aussi vite que possible, commence-t-il. Je n'avais pas d'armes, mais j'avais préparé des boules de verre remplies d'une potion spéciale à base de pavot*, pour les utiliser en cas de danger.

– Du pavot ? Et pourquoi ? demande Plume.

– Le pavot est une fleur qui endort. Quand Tarte aux Pommes et Noix de Coco m'ont retrouvé dans la jungle, ils m'ont fait comprendre que vous aviez des problèmes, je leur ai donné les boules pour qu'ils les lâchent sur le Cimetière. Tout le monde s'est endormi et j'en ai profité pour vous libérer !

Plume est très fier de son grand-père ! Il lui saute au cou et le remercie de tout son cœur.

Toumaï et son éléphant sont à leur tour prisonniers ! Toumaï est ligoté comme un saucisson, et Kala Nag enchaîné à un gros tronc d'arbre.

– Qu'est-ce que vous allez nous faire ? demande Toumaï avec inquiétude.

Plume et Petit-Crochet froncent les sourcils, mais Perle et Charlotte lui sourient. Elles le trouvent très mignon ! Elles s'agenouillent près de l'éléphant et lui chatouillent le bout de la trompe.

– Qu'il est gentil…, commence Perle.

– On ne va pas leur faire de mal, hein ? continue Charlotte.

– Mais non, mais non, réplique Petit-Crochet avec rancune, on va se contenter de les manger en salade ! Kala Nag d'abord, et le carnoc… heu, le cornac au dessert.

Toumaï n'a pas l'air très rassuré. Il ne sait pas que Plume et ses amis sont de gentils pirates.

– Allons, soyons raisonnables, conseille Grand-père Mimosa aux enfants.

Le jeune Indien réfléchit, il promet qu'il n'attaquera plus les voyageurs. En échange, les pirates jurent qu'ils ne raconteront à personne où se trouve le Cimetière des Éléphants. Après tout, ils ne cherchaient que des fleurs.

Une fois libre, Toumaï remercie ses nouveaux amis. Comme il connaît bien la Forêt vierge, il montre à Grand-père Mimosa l'emplacement de fleurs merveilleuses. Ensuite, il propose aux enfants de monter sur Kala Nag pour découvrir la jungle. C'est un peu inconfortable, mais Toumaï leur apprend à se tenir.

Le dos de Kala Nag ressemble au sommet d'une tour. Les arbres, les lianes, les épines et les fougères géantes, ne gênent plus les enfants. Les cobras, les pythons, les chiens sauvages, les tigres eux-mêmes, les évitent prudemment. Plume a l'impression d'être le roi de la jungle !

Les perroquets, eux, s'installent chacun sur une défense et crient :
– Hourrra ! En avant !

Hélas, il faut déjà se quitter !

Toumaï offre à chaque enfant un petit objet d'ivoire : une orchidée pour Perle, une rose pour Charlotte, un joli voilier pour Plume, et un dauphin pour Petit-Crochet.

– Je demanderai à mon papa de visiter l'océan Indien avec le *Bon Appétit*, promet Plume, et on t'invitera à bord !

– Mais en attendant, réplique Toumaï, que ferez-vous une fois aux Caraïbes ?

Plume cligne de l'œil et répond :

– On cherchera le Grand Cimetière des Baleines !

❶ L'auteur

Paul Thiès est né en 1958 à Strasbourg, mais au lieu d'une cigogne, c'est un bel albatros aux ailes blanches qui l'a déposé dans la cour de la Maternelle. C'est que Paul Thiès est un grand voyageur, un habitué des sept mers et des cinq océans ! Il a fréquenté les galions d'Argentine, les caravelles espagnoles, les jonques du Japon, les jagandas du Venezuela et encore d'autres galions dorés au Mexique. Sans compter les bateaux-mouches sur la Seine et les chalutiers de Belle-Île-en-Mer !

Paul Thiès est donc un spécialiste des petits pirates, des vilains corsaires, des féroces boucaniers, des redoutables Frères de la côte, bref des forbans de tous poils ! Mais c'est Plume son préféré !

Alors, bon voyage et... à l'abordage !

❷ L'illustrateur

Louis Alloing

« La mer, je l'ai eue comme paysage depuis que je suis né. D'abord à Rabat, au Maroc, en 1955, puis à Marseille. La mer Méditerranée. Une petite mer que j'imaginais parsemée de petites îles, de petites vagues, de petits pirates, et qui sentait bon. Bon comme celle des Caraïbes. Comme celle de Plume et de Perle.

Maintenant à Paris, privé de la lumière du Sud, de cet horizon bleu outremer, je divague sur la feuille à dessin. Je me laisse porter par la vague qui me mène sur les traces de Plume et de ses potes, et c'est pas simple. Ils bougent tout le temps ! Une vraie galère pour les suivre, accroché à mon crayon comme Plume à son sabre. Une aventure. Et pas une petite, une énorme... avec des petits pirates. »

Table des matières

Achevé d'imprimer en février 2012,
chez Pollina (France) - L60192.